I0553467

*La Clarté des ténèbres*

Murielle Lucie Clément

# La Clarté des ténèbres
Récits d'ombre et de lumière

MLC

*Du même auteur :*

Crime à l'université (roman)
Le Mythe de Noël (récits)
Le Pyrophone (poésie)
Sur un rayon d'amour (poésie)
Les Nuits sibériennes (poésie)
L'Arc-en-ciel (poésie)
Le Nagal (poésie)
Cantilène (poésie)
Spleen d'Amsterdam (poésie)

Editions MLC
Le Montet – 36340 Cluis
www.emelci.com

ISBN : 978-2-37432-019-9
Dépôt légal : décembre 2015

*A mes amis*

## C'était en l'an 2000

Je marchais dans un couloir, une sorte de tunnel. Les murs étaient nus et sales. Je savais qu'ils seraient glacials et humides si je les touchais. Ils étaient recouverts de carreaux de faïence jaune pisseux, presque incolores. Le décor ressemblait à un passage souterrain pour piétons.

Je marchais, marchais et marchais encore. Très bas au-dessus de moi, le plafond me frôlait les cheveux. Nulle part un morceau de ciel visible. Soudain, une vision fulgurante me transperça le cœur. Je compris d'un coup. Il s'agissait des vestiges d'une rue. Les trottoirs étaient encore apparents. Les portes également. Certaines vert foncé, d'autres, marron. Toutes fermées.

Je marchais, et marchais encore plus loin. Tout était désert. Sombre malgré le vieux lampadaire contre lequel ni homme ni chien n'avait pissé. Cela sentait le renfermé. Il faisait de plus en plus frais, ou bien était-ce moi qui avais froid ?

Au-dessus de toutes les portes des numéros étaient inscrits, aucun nom. Je me mis à marcher lentement dans la pesante désolation de cette artère sans vie. Nulle part un être.

Il y avait certainement eu un tournant dont je n'avais eu aucune notion, car j'arrivais à une rotonde. Là, plusieurs rues identiques à celle que je venais de parcourir se rejoignaient. Au milieu, un énorme pilier soutenait le plafond. L'éclairage avait changé. Accrochés de guingois, des néons brûlaient avec parcimonie.

J'entendis des pas derrière moi. Je me retournais : une femme, serrant un enfant de trois-quatre ans dans les bras, me regardait. Des sanglots violents la secouèrent subitement. Elle hurla :

- Ils arrivent ! Ils arrivent ! »

Elle s'élança d'un bond dans l'ombre, fuyant loin de mon regard hébété. Que voulait-elle dire ? Qui venait ?

Petit à petit, des cris perçaient le silence, des pleurs devenaient audibles. Cela provenait de derrière le gros pilier. Je le contournais et je les vis.

Dans l'une des rues, des hommes en complet veston impeccables, ouvraient brusquement les portes. Ils tiraient sans ménagement les femmes et les enfants à l'extérieur. Les nourrissons étaient rejetés avec leur mère à l'intérieur. Les enfants en état de marcher étaient rassemblés, poussés dans un coin comme un troupeau.

Ils travaillaient systématiquement, consciencieusement, méthodiquement. Aucune porte n'était oubliée. Petit à petit, ils se rapprochaient de la rotonde.

Une mère et un enfant s'agrippaient l'un à l'autre. C'était la femme que j'avais vue auparavant. Les messieurs donnèrent l'ordre aux soldats surgis du néant sur un claquement de doigts, d'arracher l'enfant à sa mère. Elle se débattit telle une louve prise au piège. Mais, que pouvait-elle faire contre tant ?

Son enfant lui fut enlevé de force. Elle s'effondra en gémissant douloureusement. Une mitrailleuse crépita dans la nuit. Le silence aboya profondément, s'installa rapide, étonnant. Pas pour longtemps. Des voix m'atteignaient à nouveau.

L'enfant, le dos collé au mur, était tenu en joue par deux soldats. Les voix émanaient des trois hommes qui lui parlaient. Le petit ne voulait pas les écouter. Il était inquiet, agité. Il essaya de fuir, se cogna aux fusils. Les voix s'enflaient à devenir des cris. Les murs, le plafond, le pilier renvoyaient l'écho du vrombissement des mots incessamment répétés. Au bout d'un temps qui me parut interminable, l'enfant se calma. Finalement, il les suivit.

D'une autre rue, je vis un cortège de petits enfants arriver. Ils portaient tous le même tablier noir sur un habit de pensionnaire. Ils marchaient par rang de quatre. Sans rire. Sans paroles. Sans chanson. Parfaitement au pas. Sans se presser, mais régulièrement. Ils étaient classés par ordre de grandeur. Je remarquais des enfants de plus en plus âgés passer devant moi. Les plus vieux portaient des uniformes de soldat. Subitement, le défilé se termina comme il avait commencé. Tout à coup, la rotonde fut aussi déserte qu'au début. J'étais une fois de plus seule.

Je devais sortir d'ici. Je devais m'échapper. J'enfilais l'une des rues et je recommençais à marcher. Le sentiment de ne pas progresser s'emparait pernicieusement de moi. C'était une rue tellement, tellement longue.

Sans transition j'en vis la fin. La lumière du jour tombait diffuse tout là-bas à l'extrémité. Pourquoi cette angoisse si dans quelques minutes j'étais à l'air libre ? Pourquoi, pourquoi étais-je effrayée ? Car j'avais peur. Que verrai-je au bout de la rue ? Quoi ? Quoi ?

Ma respiration alourdie engourdissait mes poumons, serrait mon cœur dans une mâchoire d'acier. Je marchais le plus lentement possible craignant la révélation que m'apporterait la clarté. Malgré tout, j'avançais, péniblement, mais j'y arrivais. En effet, soudain j'étais enfin à l'air libre.

Dehors. Mais, nulle part un brin d'herbe, nulle part un arbre. À leur place, seuls d'énormes blocs de granit entourés de pierres plus petites me faisaient face. Des pierres, des pierres et encore des pierres.

Je cherchais un passage parmi les cailloux. J'escaladais des gorges escarpées dont les parois se dérobaient. Je trébuchais, m'écorchais les genoux et les poignets, me brisais les ongles. Je haletais ensanglantée, les tempes prêtes à éclater. Je me faufilais dans une crevasse évitant un gros rocher. Au détour, je découvrais des cages. La pluie avait aidé la rouille à ronger les barreaux. Les traînées rougeâtres trahissaient le chemin forcé emprunté par les ondées.

Je devais passer le long de ces cages. Elles étaient toutes tombées en décrépitude. Plusieurs n'avaient plus de toit. D'autres plus de murs. Toutes cependant brandissaient fermement leurs barreaux intacts encore debout.

De toute évidence il s'agissait des ruines d'un jardin zoologique. Des plaques en plastique blanc aux lettres gravées en noir indiquaient le nom des espèces jadis hébergées: OURS BRUN, plus loin : ZÈBRE, plus loin encore : XYZ.

De cette dernière cage, un bruit furtif me parvenait. Un léger bruissement. Sur le sol en ciment des enfants entassés pleuraient doucement.

En vain, j'attendis mes larmes, j'étais trop impuissante, même pour pleurer.

## La rencontre

Ce matin, j'ai vu une vieille femme tout habillée de blanc. Sa toque en forme d'œuf, bordée de fourrure soyeuse, surmontait des yeux sombres dans lesquels grouillaient des ombres éteintes. Elle marchait, sans que je visse ni ses jambes ni ses pieds. Seule sa robe de cristal et de froidure venait au-devant de moi. À la vue de ses yeux dévorant les nuages, j'ai détourné les miens un bref instant. Je fixais un point de l'horizon d'où je pouvais l'observer sans craindre. Ses doigts crochus griffaient les murs.

Une porte s'ouvrit. Elle s'y engouffra. La porte restait béante. Je la suivis hésitante. Des courants d'or, de soleil et de feu circulaient sur les marches passibles. Tout se déroulait dans le plus complet silence. Dire que j'étais rassurée serait mentir. Toutefois, portée par l'inévitable, je ne ressentais aucune peur. Deux oiseaux blancs et roses perchaient sur la rampe de l'escalier. Les plumes un peu ébouriffées, ils me faisaient signe d'avancer. À demi hypnotisée, je m'exécutais. Je pénétrais dans une pièce emplie d'une luminosité comme seuls les soirs d'été savent en retenir. L'air se parfumait d'une senteur légère et plaisante impossible à identifier.

Et je la vis, la vieille de tout à l'heure, penchée sur un berceau où un petit dormait. Elle fredonnait une litanie d'une voix si douce. L'air se peuplait de clochettes transparentes qui se coloraient. Ces clochettes virevoltaient dans tous les sens sans jamais se heurter. Elles traçaient des arabesques, se frôlaient, tintinnabulaient doucement sur les rayons de lumière. Leurs caresses étaient comme du miel embué de rosée. L'enfant ouvrit les yeux tout grands. Émerveillé, il observait comme moi cette farandole de perles.

La vieille chantait encore et lentement, très lentement, ses contours s'adoucissaient. La mélopée s'étirait telle une écharpe de soie flottant dans la brise du soir. Toujours plus légère. Toujours plus limpide, elle coulait comme une eau fluide des bois. Elle remplissait l'air et les clochettes riaient aux éclats, heureuses d'être là. Plusieurs se perchèrent sur mon épaule et insensiblement déposèrent dans mon cou des baisers de leurs lèvres vermeilles. Par peur de les effaroucher, je n'osais remuer.

L'une d'elles m'apporta un petit bouquet de fleurs pas plus gros que l'ongle de mon auriculaire. J'ouvrais la paume de la main gauche et elle l'y abandonna. Ce minuscule objet était tout de même une énorme gerbe pour elle. Comment avait-elle pu le porter jusque-là et d'où venait-il ? me demandais-je. Anticipant ma question ou la lisant en mon âme, elle me chuchota à l'oreille de contempler avec elle dans la direction de la voûte. Je vis alors une prairie vive et langoureuse. Ses sillons se tissaient d'arc-en-ciel et de fils de la vierge entrelacés de fleurs, les mêmes que celles de mon bouquet.

Je reportais le regard sur le visage de la chanteuse, mais, devant moi, ce n'était plus une vieille. C'était une jeune femme aux yeux purs au fond desquels brillaient des étoiles. Elle se pencha vers l'enfant qui lui tendit les bras. Son rire se mêla à la ritournelle et les clochettes se mirent à tournoyer dans une farandole vertigineuse. Elles m'enveloppèrent dans un tourbillon crémeux. Tout disparaissait dans la paroi translucide de cette mini tornade.

Propulsée avec douceur, je me sentis traverser les airs.

Je repris connaissance sur un banc près du canal. Un cygne me scrutait de ses yeux attentifs. Son long cou gracile ondulait au-dessus des vaguelettes turquoise. Ses ailes déployées frémissaient en voiles lactescentes et laissaient transparaître à leurs extrémités, l'ambre arachnéen d'un duvet flavescent.

L'herbe bleutée de la berge se parsemait de pâquerettes roses. Me fixant avec suavité, le cygne s'approcha un peu plus et me confia de sa voix soyeuse :

« La littérature est une histoire d'amour vécue en toute liberté et toute inconscience, non un mariage arrangé par le devoir. Au premier paragraphe, le coup de foudre vous percute dans toute son amplitude, une rencontre de laquelle jailliront les étincelles de plaisir et de jouissance. Un roman, pénétré seulement après plusieurs tentatives, disons passé les cent cinquante premières pages, en est un à retardement, voire pire, une littérature frigide. Ce dernier s'assimile aux traités théoriques dont l'objet est de procurer des outils d'analyse et de réflexion. Toutefois, les essais scientifiques de meilleure eau possèdent aussi cette capacité à plaire dès les premières lignes. Ils renversent le lecteur à bras le corps ou bien l'entraînent gentiment par la main. Le message est irrévocable et sans ambiguïté et il ne le lâchera pas avant le dernier point lu. »

## Le déjeuner

Maguy et Magalie descendaient l'avenue de l'Opéra. Elles avaient pris le 81 et, de leur banquette verte, elles regardaient, bien calées sur les sièges durs recouverts d'un tissu choisi pour faire gai, les immeubles cossus défiler derrière la vitre.

– Tiens ! C'est là que j'ai travaillé, » déclara Maguy alors que le véhicule passait devant une façade ressemblant énormément aux autres, mais pour elle, meublée de souvenirs lointains. Il y avait belle lurette qu'elle avait atteint l'âge de la retraite. Elle restait vive et trépidait d'une énergie vibrante tempérée par un caractère d'une douceur extrême.

Magalie essaya de repérer le bâtiment en question et acquiesça, légèrement incertaine tout de même. Avait-elle regardé à temps par la fenêtre ? Elle était en train de réfléchir à une question qui avait surgi dans son esprit : qui décidait la couleur des tissus recouvrant les banquettes d'autobus ? Et, y  avait-il le choix ou bien était-ce au départ un motif unique, inventé de pair avec le modèle du bus ? De toute évidence, ce tissu était résistant et spécialement conçu à cet effet. Maguy continuait sa narration, l'empêchant de cogiter plus avant sur le sujet.

— Et puis, quelquefois, le midi, je venais sur ce banc manger un croissant. J'avais un ami qui travaillait là. » Elle désignait un autre endroit qu'elles dépassaient rapidement.

Encore quelques tournants, un parcours en bord de Seine sur le quai de la Messagerie. Ce fut l'arrêt final, le terminus au Châtelet. Elles étaient parvenues à leur destination. Aujourd'hui samedi, leur but était le cinquième étage du Bazar de l'Hôtel de Ville. Elles s'offraient un déjeuner à la cafeteria avec vue sur les toits de Paris.

La place de l'Hôtel de Ville était transformée en aire de repos avec un écran géant de télévision, déversant sur les badauds, qui en avaient vu d'autres, une musique lancinante, accompagnant les flots de paroles lascives sortant d'un gouffre noir bordé de rouge : la bouche d'une chanteuse à la mode selon toute probabilité, ayant la taille d'une cathédrale. Quant à la porte de l'Hôtel de Ville, elle croulait sous un amas informe de couleurs bigarrées, accrochées çà et là, tels des résidus de peintures sur une palette d'artiste s'entremêlant et se fondant les unes dans les autres.

En regardant de plus près, on apercevait, émergeant de la masse de coloris, des fleurs. Il s'agissait d'une sculpture florale offerte par l'école des fleuristes. Pourquoi ne s'étaient-ils pas contentés de faire un bouquet décent, là était le mystère. Pour être franc, ce fatras amassé autour de la porte avait quelque chose d'obscène, un peu comme des vomissures attardées aux commissures d'un ivrogne. Trop de couleurs, pas assez de nuances.

Le trottoir de la rue de Rivoli regorgeait de camelots et d'étals surchargés d'articles vantant la coupe du monde. Le Mondial comme tout le monde disait. Les fétichistes du ballon avaient de quoi se réjouir. Les maillots, les porte-clés, les slips, les lunettes, tout était décoré de leur joujou favori.

En passant les portes du grand magasin, Maguy et Magalie laissèrent derrière elles la chaleur, les cris, les teintes violentes et pénétrèrent dans l'antre feutré de luxe du rayon parfumerie. Elles se dirigèrent vers l'ascenseur au fond du rez-de-chaussée, pas tant pour éviter les escaliers roulants, mais tout simplement parce que Maguy devait téléphoner et que l'appareil se trouvait là.

Une femme énorme, appuyée sur une canne, leur barrait le chemin, dégageant les effluves nauséeux des êtres ayant la phobie du savon. L'espace restreint de l'ascenseur valorisait les préférences du mastodonte qui, de toute évidence, abhorrait de même le dentifrice, ce que révélait la conversation qu'elle menait ardemment avec un comparse méticuleux jusqu'aux pellicules généreusement parsemées sur son crâne dégarni.

Maguy et Magalie arrivèrent à l'entrée de la cafeteria après avoir traversé le rayon des cadres et tableaux. Comme à chaque fois, Magalie était satisfaite de voir l'échafaudage appétissant de nourriture.

– Regarde ! Ici ce sont les ingrédients pour te confectionner une salade de fruits. Des fraises, de la crème fraiche, du coulis de framboises, des pommes, des poires, des kiwis, du fromage blanc. Tu peux te servir une belle coupe à ton goût. Et, là, ce sont les pâtisseries. Elles sont toujours délicieuses. Des tartes dorées aux fruits, des clafoutis, des crèmes au caramel, des îles flottantes troublaient les sens et, plus loin, les crudités coupées fin pour la salade entremêlaient leurs couleurs dans des compotiers posés sur de la glace.

– Si tu désires un plat chaud, c'est là.

– Non, je vais me faire une salade.

– Comme tu veux. Ici, on choisit son repas ».

Elles allèrent chacune de leur côté se composer le plateau désiré et se retrouvèrent à la caisse. Maguy avait plusieurs salades empilées savamment sur son assiette et Magalie avait opté pour un steak et des frites accompagnés d'une tartelette. Une bouteille d'eau minérale complétait leur repas.

– Allons chercher une place près de la fenêtre. Tu vois Paris, c'est joli.

– Oui, là, il y a un seul monsieur.

– Bonjour, ces places sont-elles libres ?

– Euh… il y a un homme parti chercher son café.

– Mais, ces deux autres places, sont-elles libres ?

– Oui.

– Alors, nous nous asseyons ».

L'homme retira son sac et Magalie s'installa sur la chaise devenue vacante. Quant à Maguy, elle hésitait entre pousser le plateau sur le côté ou bien déplacer un sac en plastique et le changer de siège. Elle adopta la première solution et fit légèrement glisser le plateau.

Elles commençaient à peine leur repas qu'un énergumène moustachu surgissait devant elles et les apostrophait d'une manière brutale et s'adressant à Maguy :

– Vous êtes assise à ma place.

– Excusez-moi, monsieur, j'ai déplacé votre plateau, mais je vous en prie, vous pouvez vous asseoir. Je change de place.

– Non, restez assise, c'est inutile.

– Bon, merci. » Mais, le moustachu continuait à bougonner de plus en plus fort.

– C'est impensable ! Le culot qu'elles ont ! Venir se mettre à ma place. Le monsieur vous a bien dit que j'étais parti chercher mon café, je vous ai vu de loin bavarder avec lui et vous vous êtes assises.

– Mais, monsieur, je viens de vous offrir de changer de place, alors pourquoi continuez-vous sur ce ton ?

– Alors, changeons de place. Il n'y a aucune raison pour que je perde ma place alors que l'on vous a dit que je revenais.

Maguy se lève et change de place avec l'affreux qui enchaîne :

– Il faut vraiment un sacré culot pour venir s'asseoir ici, alors qu'il y a des places libres à côté. » Magalie ne peut plus se contenir.

– Monsieur, vous êtes grossier et un mufle. Premièrement, vous prenez deux sièges pour vos aises, ce qui est accordé lorsqu'il y a peu de monde, mais nous voulons aussi prendre notre repas assises. Deuxièmement, il était difficile de savoir laquelle des deux chaises avait votre préférence, mais puisque Madame s'est levée malgré son âge pour vous donner satisfaction, je vous prierai de bien vouloir vous taire et nous laisser consommer tranquillement.

– Mais, c'est incroyable ! Il y avait quatre sièges libres à côté !

– Monsieur, nous avons la liberté de nous asseoir où bon nous semble, chaque consommateur ayant droit à un siège. S'il vous est désagréable à ce point de vous trouver en face de moi, vous déménagez, car je vous assure que j'y suis, j'y reste ! »

Après quelques ronchonnements plus ou moins audibles, de la même veine, le monsieur déplia démonstrativement son journal, but son café en deux minutes et force lui fut de s'éclipser, car leur voisin de table les avait quittés sur un salut des plus correct.

– Il est malpoli de lire à table » déclara Maguy de sa voix posée et douce. « On ne déplie pas son journal en présence de dames. »

## Le libraire

L'été a résolu son incertitude, éclate de soleil. Timidement d'abord, puis en grandes vagues de lumière changeant la masse paresseuse de la Seine en un ruban de transparence aux reflets impatients. Je suis à Paris! Mon cœur, abasourdi de joie, inonde mon corps d'un sourire exubérant. J'aime la capitale française. J'embrasse toute occasion déversant la possibilité de m'y baigner pour un séjour indéfini dans le temps. Quelques heures ou quelques jours. Des années-lumière de différence culturelle s'ouvrent à moi.

En cette clarté de la mi-juin, la Place Saint-Sulpice m'avance le prétexte d'une gambade métropolitaine. Le Marché de la Poésie parisien aspire ma curiosité. Je décide de ne me retrancher dans aucune de mes résistances habituelles, de fléchir et de m'offrir cette flânerie aux frontières du Quartier latin.

Sur l'esplanade de l'Hôtel de Ville, ébahie par la stature de l'écran géant transformant la place en salon, je suis obnubilée par le son accompagnant les images mouvant derrière la carapace de verre. Est-ce de la musique ou du bruit ? Fervente acousticienne, je m'avoue que toute *sono*, qu'elle vomisse du *classique* ou du *rock*, ne peut en fait émettre à proprement parler que de la *techno* ! J'avais besoin de cet agrandissement colossal pour saisir sans compromis ce détail. Bien que cette évidence ait plusieurs fois effleuré mes déductions, j'avais inconsciemment refusé de la prendre en considération sérieusement. La circonstance ayant amené en cet endroit les haut-parleurs au vrombissement d'avion peut être inconnue de moi, il n'en reste pas moins que, lilliputienne au pays des géants, je fais des découvertes.

J'entr'aperçois  un instant la réalité me faire un clin d'œil par l'entremise d'un dégoulinement aviné à prétention de sculpture florale, agglutiné sur le stuc de la façade. Les pupilles dilatées par l'impact du spectacle, je me laisse avalée par le déchet d'entrailles riverain sans crainte d'être digérée, certaine de ressortir sauve à l'autre extrémité. Il est vrai qu'avec l'astre du jour au zénith du solstice, les quelques êtres le peuplant revêtent l'aspect de pedestrians civilisés.

Des expériences analogues en d'autres temps et d'autres lieux m'avaient fait appréhender le pire. Un soulagement indubitable s'empare incontinent de ma respiration avec empressement. Le pont se prélasse au-dessus du fleuve. Le parvis de Notre Dame m'accueille simultanément avec le contingent d'admirateurs aux origines enracinées dans les points cardinaux. Il distrait ces fanatiques de la pellicule accourus au pied du chef-d'œuvre sacré résidant au long des siècles dans sa gloire immobile. Amoureux transis des pierres, ils retourneront aux quatre coins de la terre, emportant leur butin de polaroïd recélant ce qu'ils auront vu le temps d'un flash.

Ce sont les bouquinistes qui m'enchantent. Un coup de prunelle par-ci, un feuillettement par-là, respirant goulûment l'odeur de vieux papier et d'eau glauque, j'atteins le quai des Saints Augustins. Je muse. Je hume sur le qui-vive. L'espérance de dénicher un trésor me stimule. Je folâtre entre les rayons arc-en-ciel, éblouissants de savoir, étalant les amis de toujours. Madame Bovary, le Grand Maulnes, le comte de Montecristo, la Dame aux camélias voisinent avec Charles de Gaulle, Marilyn Monroe, la duchesse de Windsor, Diana et Brigitte Bardot. Tous sont réunis à la même fête de la célébrité où j'espère dire deux mots à Maria Callas et Caruso parmi les invités.

Une enseigne étalant *musique* en lettres gothiques accapare mon attention, et mon regard se propulse sur le côté opposé de la chaussée. Sans me concerter davantage, je profite d'un moment d'accalmie dans le trafic rageur pour franchir l'artère. Je suis motivée par ma recherche d'album de chansons anciennes du moyen-âge, mais également de comptines et d'œuvres de troubadours.

Je pénètre dans l'antre des mots tombant des pages friables grignotées par les ans. Le maître des lieux, aussi poussiéreux que son entourage, ne me prête aucun intérêt et, continue démonstrativement, le verbe haut, à converser avec un quidam qui, ses emplettes dans le creux du coude, se dispose à quitter l'endroit. Il passe le seuil et disparaît, absorbé par la foule touristique déambulant activement. Le libraire le suit et respire l'air sur son pas de porte. Il est de carrure légèrement plus étroite que la moyenne, avec l'épaule droite plus basse que la gauche. Ses cheveux frisottés embroussaillent sa nuque et lui retombent sur le front qu'il a malgré tout dégarni. Ses yeux sont de nuances divergentes. L'un tire sur la noisette alors que l'autre est franchement marron d'Inde desséché. Sa moustache pendouillant aux commissures des lèvres les affuble de poils saugrenus et, son pull superflu par la température clémente, complète de contredire la nonchalance infernale avec laquelle il essaie invraisemblablement de pavoiser. Tout dans son attitude trahit le mépris démentiel pour la clientèle. L'abus de pouvoir latent se déchaîne violemment contre un pauvre hère motorisé qui, dans son ignorance du péril, accoude inconsciemment et avec amour son vélomoteur contre la grille du trottoir.

_ Non mais, c'est ça ! Allez-y ! Laissez-le là ! Vous ne pouvez pas le mettre plus loin ! »

Il hurle vindicativement et s'irrite davantage lorsque le motocycliste tourne naïvement ses grands yeux bleus vers lui.

_ Ben oui.

_ Imbécile va ! »

Il hausse rageusement les épaules. L'une moins que l'autre.


Cette diversion plutôt gênante ne m'empêche pas de scruter les planches surchargées. Un homme virevoltant, une partition assise aux creux des paumes, s'approche de moi.

_ Recherchez-vous quelque chose de particulier ?

_ Ah, vous êtes le vendeur ?

_ Non pas du tout, mais je connais la maison.

_ Merci. »

Je lui fais brièvement part de mes études. Il m'indique nonchalamment d'une envolée de la manche droite une latitude dans le rayonnage.

_ Peut-être là. »

Mine de rien, le libraire a suivi la conversation. Fatigué de son exhibition vocale incontrôlée, il rentre et s'enquiert à son tour de mon désir. Après m'avoir écoutée distraitement, il m'assure n'avoir rien de tout ça dans son capharnaüm. Malgré ses dénégations réitérées, j'avise la contradiction flagrante sur la planche la plus élevée. Un exemplaire concordant avec ma requête trône dans toute la majesté de sa reliure verte, paré de ses titres. Je le lui signale du regard et du doigt. Bien obligé, il l'attrape en se haussant sur la pointe des pieds et me le tend dédaigneusement. Un soupir d'antipathie m'effleure subrepticement. L'ébauche d'un frisson me parcourt l'âme. Cette impression est si fragile qu'elle disparaît au souffle de la première page tournée. Cet ouvrage, s'il ne correspond pas exactement au sujet que je veux approfondir, en présente néanmoins un certain aspect. Je compte bien me l'approprier.

Tout heureuse de ma trouvaille je confie au libraire que je le réserve.

_ Vous comprenez je profite d'un séjour dans la capitale pour m'approvisionner. L'occasion de faire les bouquinistes tous les jours me manque.

_ Vous n'êtes pas de Paris ?

_ Non, j'habite Amsterdam. »

Mes yeux filent plus loin le long des titres alignés, mais aucun n'est digne d'être retenu.

Le prix de l'ouvrage, qui a toute mon attention, noté au crayon sur la page de garde est peut-être plus substantiel que la valeur tangible, mais qu'importe ! Une petite gratification supplémentaire n'est-elle pas permise en période de congé ! Ma bourse ne pâtira pas trop de cette générosité spontanée à mon égard.

_ S'il vous plaît. Ce chiffre au crayon se rapporte-t-il au prix ?

_ Oui c'est quatre-vingts francs. »

Cela correspond bien à la somme inscrite. Je dois lui laisser cela, sa mémoire est sans défaillance.

_ Merci, je vous le prends. »

Ce disant je compte les pièces dans la poche de la petite monnaie. Elles sont trop peu nombreuses pour faire l'appoint. Je sors alors le seul billet de banque contenu dans le repli de cuir. Je le regarde, il est de deux cents francs et je le remets à l'homme. Il s'en empare, se dirige vers sa caisse. Un son aigrelet s'élève, le tiroir se déclenche et baille. Le monsieur, après avoir fait disparaître prestement l'effigie, jette deux pièces de dix francs sur le comptoir.

_ Excusez-moi, mais c'est un billet de deux cents francs que je vous ai remis.

_ Quoi ? Alors là j'ai horreur de ces trucs-là. C'est cent francs que vous m'avez donné. »

Il a élevé la voix inutilement. Un sifflement sourd double son émission comme de la vapeur s'échappant d'une bouilloire en fusion.

Il fouille au fond du tiroir-caisse. Les billets crissent. Triomphalement il en brandit un de cent francs à la main droite. Il l'agite bien fort à la cantonade tandis qu'il couvre du poignet gauche les autres qui menacent de s'échapper.

_ Tenez, c'est avec celui-là que vous avez payé. »

Tant de mauvaise foi m'interloque. Me raccrochant à mon sang-froid et à toute la politesse inculquée par ma mère je prononce à voix haute et intelligible.

_ Ah bon. Excusez-moi. »

Une femme aux yeux bleus qui vient entre-temps de pénétrer dans la boutique n'en croit pas ses oreilles ; moi non plus. Encore moins les nouveaux clients remplissant peu à peu les lieux. Je réunis mes affaires et je rejoins la rue.

Déambulant à nouveau sur le trottoir, je saisis réellement l'extravagance de l'évènement dont je viens d'être le premier témoin. Je cogite fortement. Je veux oublier au plus vite la manipulation de cet homme essayant de me faire passer pour une voleuse lui réclamant à tort cent francs de monnaie, alors qu'il empoche sans vergogne l'argent qui me revient de droit. La honte m'envahit. Je me suis laissée faire sans protester. Tout devient clair. En toute confiance, je lui ai mis l'atout majeur en mains : « Je viens d'Amsterdam. » Quoique je me refuse à la méfiance, être constamment sur le qui-vive est inévitable. Je me révolte contre cette injustice. Bien sûr, cent francs sont loin d'être une fortune, mais pourquoi vont-ils augmenter son pécule, au lieu d'être à leur place dans ma poche ?

Je suis à ce stade de mes réflexions, me remettant difficilement du coup reçu, lorsqu'un véhicule de surveillance policière tourne le coin de la rue. Mon bras se lève sans plus, instinctivement. Je hèle la voiture appelant ses occupants à l'aide. Le chauffeur s'arrête. À l'intérieur trois agents en uniforme me servent d'auditoire. Je dois confier ma peine à quelqu'un.

_ Excusez-moi. Une drôle d'histoire vient de m'arriver. J'en suis encore toute groggy. »
Je relate ma mésaventure sans autre besoin que la satisfaction naturelle de parler à une oreille compatissante.

À ma grande stupéfaction, les trois agents descendent de leur minibus blanc.

_ Il est où ce libraire ?

_ Pas très loin, juste au coin.

_ Allez ! On y va. Vous êtes sûre de votre affaire?

_ Oh oui. J'ai mis un billet de deux cents francs dans mon porte-monnaie, et je n'ai rien acheté en chemin. »

Je suis encadrée par les uniformes. Je veux confondre ce bonhomme malsain, cet être cauchemardesque. Il change de couleur en me voyant accompagnée de la sorte. Il se fait caudataire.

- Messieurs ?

_ Madame pense que vous lui devez de la monnaie.

_ Mais pas du tout. Madame se trompe. Elle m'a donné cent francs, je lui en ai rendu vingt. Oui, je sais bien, j'aurais dû garder le billet en dehors de la caisse, mais j'étais ici, elle était là-bas. Il y en a toujours qui essaient.

_ Vous savez pour nous c'est civil. Avez-vous un billet de deux cents francs dans votre caisse? »

Bien obligé, le libraire doit extirper les billets du tiroir. Un de cent francs, et un de deux cents.

_ C'est le mien !

_ Vous vous trompez !

_ Pourquoi me méprendrais-je et non vous ? Et pourquoi avez-vous dû fouiller sous la pile. Mon billet aurait dû se trouver sur le dessus ? »

L'agent intervient.

_ Vous pouvez vous être trompé aussi, car évidemment l'un de vous dit la vérité.

_ Je ne lui redonne pas cent francs.

_ Elle peut porter plainte.

_ Qu'elle le fasse !

_ Vous savez très bien que je ne porterai pas plainte puisque j'habite Amsterdam. Mes cent francs ne vous porteront pas bonheur. Vous vous souviendrez de moi et, la prochaine fois …

_ La prochaine fois, vous ne remettrez pas les pieds ici et vous n'achèterez rien !

_ Si vous omettiez de me couper la parole, vous sauriez ce que j'avais l'intention de dire. Je reprends. La prochaine fois quelqu'un vous volera. Vous repenserez à moi. Vous mettez en doute ma bonne foi et prétendez que j'essaie de vous extorquer cent francs. Vous êtes loin d'être infaillible, je vous répète : Monsieur, vous vous êtes trompé. »

Une idée chatoyante s'insinue dans mon esprit. Je jubile et déclare sérieusement.

_ Monsieur vous vous êtes trompé. Sans n'être aucunement désolée pour vous, je peux prouver qu'il s'agit bel et bien du billet avec lequel je vous ai payé. Il y a mes initiales marquées au crayon noir en haut à gauche. Regardez. Là, vous voyez. »

Le libraire abaisse la tête. Il pâlit considérablement. Ses lèvres s'agitent en un balbutiement inaudible. Il scrute tant qu'il peut. Ses yeux s'écarquillent à tomber de leur châsse.

Le verdict était tombé. Enfouies dans les crans de Gustave, deux lettres lisiblement inscrites au crayon noir narguaient le libraire.

## Les mangeurs de fœtus

Oh ! Ces douleurs lancinantes dans le bas-ventre ne s'arrêteraient donc jamais ! Sourdes telles des fers de lance, elles lui labouraient l'entrecuisse pour s'étendre en ondes de souffrance jusqu'au pubis. Elles lui parcouraient l'aine, tiraient sur ses muscles bafoués, rendant ses fémurs cuisants, incapables de supporter le poids de son bassin alourdi par l'affront. De son sexe, suintaient le sang et le sperme mêlés, répandant une odeur âcre et forte à la fois. Ses seins meurtris d'avoir été broyés par les doigts rudes et méprisants ne lui laissaient aucun répit. Ils souffraient dans chacune de leurs parcelles aussi infime fut-elle. Leurs galbes tendres n'étaient plus qu'un atroce élancement douloureux et brûlant. Sa gorge endolorie empêchait la déglutition de la salive. Tout dans son être corroborait à enflammer le souvenir abominable des heures passées. Pourrait-elle jamais les oublier ? Jusqu'au goût amer de souillure répandu entre ses lèvres tuméfiées qui lui mordait la langue comme une réminiscence de fruit pourri.

Combien de temps était-elle restée ainsi à terre, recroquevillée sans faire un mouvement, sans émettre un son ? Elle ne saurait le dire. Le hurlement des chiens dans le lointain la tira complètement de la semi-conscience où elle se trouvait. Ses vêtements en lambeaux laissaient apercevoir les meurtrissures de sa peau. Elle se tâta précautionneusement des doigts et de la paume. Le flux de sang entre ses jambes s'était tari. Peut-être pourrait-elle se relever ?

Il l'avait plaquée au sol, l'assommant à moitié. L'instant où elle avait surpris le bruit des pas derrière elle trop tard. Déjà, il était sur elle, une de ses mains fouillant son intimité, l'autre déchirant ses hardes. Elle n'avait pas pu se défendre contre cette force l'attaquant de dos, en lâche. Des larmes de rage envahirent ses yeux lorsque l'écho du rire dément résonna dans sa mémoire. Il riait de sa panique au moment où elle vit qu'il n'était pas seul. Des ombres émergeaient des buissons, se mélangeant à la nuit. Elle ne pouvait les compter. Elle sentit leurs mains l'agripper. Elle fut projetée sur les genoux, le buste plongé vers l'avant, le visage presque enfoui dans la poussière. Une main la prit par les cheveux lui relevant la tête. Le cri s'échappant de sa gorge fut brisé net par la chose insérée jusqu'au fond de sa bouche couchant sa langue contre ses dents. Des griffes malaxaient ses seins, avec vigueur, avec un acharnement brutal et mesquin. L'horreur la révulsait. Fermer les paupières n'aidait en rien. Elle avait mal. Ils la déchiraient. Leurs jurons. Leurs ânonnements. Leurs éjaculations chaudes sur sa peau nue, dans ses cheveux, sur son visage, entre ses lèvres. Elle criait dans sa tête. C'était la première fois. C'était la guerre. C'était la loi. Les femmes ne valaient rien à leurs yeux. Elles servaient juste à satisfaire le besoin des hommes redevenus animaux immondes en cette communauté sauvage. Cruelle pour eux également qui, décharnés, creusaient les charniers.

Elle était assignée aux bureaux. Sûr, le chef aurait dû la laisser partir avec les autres. Cela ne serait pas arrivé. Pleine d'abjection, elle se relevait. Le chef savait ce qu'elle risquait en la gardant après la nuit tombée. Elle ne pouvait plus, ne voulait plus penser. Elle tituba vers le ruisseau pour se nettoyer. Ses mains aux ongles cassés et endeuillés se creusèrent en coupole. Elle but avidement l'eau glacée et pure à longs traits.

Au ciel, la lune brillait comme à l'accoutumée dans sa cour d'étoiles, lui rappelant qu'elle n'avait pas le temps de s'apitoyer sur elle-même. Ils l'avaient guettée, traquée, prise et relâchée. Voilà ! Elle était enferrée dans l'engrenage infernal. Elle pouvait à nouveau marcher malgré les crampes déchirantes. Trébuchant sur les pierres du chemin, elle se dirigea vers la baraque plongée dans l'obscurité à une centaine de mètres. Ses compagnes auraient dû s'inquiéter de ne pas la voir venir. Néanmoins, cela aurait été dans une autre vie. Ici, chacune vivait pour soi. Le Diable pour toutes. Quant à Dieu, était-il là malgré tout? Souvent elle en doutait. Maintenant, encore plus qu'autrefois.

Des chuchotements étouffés l'accueillirent à son arrivée. À l'appel du soir, une ancienne avait contrefait sa voix pour ne pas attirer l'attention de la garde. Personne ne lui posa de question. Toutes savaient. C'était son tour. Cela se passerait tous les deux ou trois mois.

Dorénavant, ils la battraient tout comme les autres, provoquant l'hémorragie qui lui ferait perdre le fruit. Ils la guetteraient d'abord, scruteraient son ventre qui enflerait. Dans le cas contraire, ils lui sauteraient dessus comme ce soir, avec une violence accrue pour la punir d'avoir trahi leurs espoirs. Le sang des femmes leur était mortellement vital. La chair des femmes était le gage de leur futur. Toutes le savaient. Elles étaient enchaînées à l'insatiable fringale des mangeurs de fœtus continuellement à l'affût de leur ration indispensable. Si par un mauvais calcul l'une d'elles leur échappait, ils lui ravissaient son nouveau-né. Nulle n'en parlait. Le sort de ces petits êtres innocents n'était pas oublié, mais tu. Ils le dévoraient pour se gorger ensuite du lait destiné au nourrisson. Ils la suçaient, l'épuisaient, la transformaient en écorce vide. Toutefois, ils préféraient de loin les fœtus plus riches en oligo-éléments leur assurant, croyaient-ils, la jeunesse éternelle. Plus ils vieillissaient, plus il leur en fallait. Ils s'acharnaient, les ingurgitant à toute heure du jour, avec cependant une prédilection pour le crépuscule. Ils gobaient encore chauds et sanglants les petites glaires de vie sans défense.

C'est à ce moment que l'on entendait le plus crier les femmes. Elles hurlaient sous les coups, abandonnaient dans l'angoisse de la connaissance ce qu'elles avaient de plus précieux au monde et livraient aux bourreaux impitoyables la chair de leur chair, le sang de leur sang, la vie de leur vie.

## Viva l'opéra

Je hais lorsqu'elle me laisse seule le soir. Je voudrais qu'elle ait une angine, la rougeole. N'importe quoi ! Qu'elle soit malade ! Qu'elle ne puisse plus chanter ! Elle resterait avec moi au lieu d'aller à l'Opéra.

La porte d'entrée s'est refermée sur elle. Je suis seule. Seule dans la nuit avec sa voix pour toute compagnie. Je me bouche les oreilles. Je ne veux plus l'entendre. Alors je crie. Je crie très fort. Plus fort qu'elle. Bien plus fort !

- HAHAH AAAAA ………………………
……………… AAAAAAAAA AAAAAAA
AAAAAAAAAA AAAAAAAAAHH…..

Quelle bonne idée de prendre le TGV. Le théâtre est tout près de la gare. Le cimetière de l'Est pas loin non plus. C'est là que repose son père. Elle passerait voir sa mère à l'appartement plus tard. En taxi.

Lorsqu'elle pense à Nadine, c'est surtout à son parfum qui embaume sa chambre qu'elle veut songer, une fragrance délicate qui lui annonçait son retour. Elle se souvient de la douceur de ses fourrures contre sa joue au moment des pleurs des adieux. Sa mère toujours en voyage, toujours entre deux avions. Des valises béantes qui encombrent les tapis. Des robes qui se pavanent sur les dossiers de chaises, des piles de pulls sur les fauteuils, le canapé. Des châles aussi. Sa mère en raffolait. Une vraie collection. De toutes les couleurs, de tous les pays. Où sa carrière l'emmenait, elle en achetait. Elle pensait que sa fille les adorait autant qu'elle. Toutefois, encore à l'heure actuelle, Stéphane reste indifférente aux étoffes les plus chatoyantes. Elle entend sa mère parler. Cette tonalité inimitable qui pouvait quelquefois paralyser complètement son interlocuteur. Cette nuance qui avait mis le monde à ses pieds.

Elle revoit le gars de chez Piquet ! Totalement subjugué quand Nadine se mit au clavier pour vérifier si l'accordement lui convenait. Mine de rien, elle improvisa sur une sonate de Beethoven ! Déjà fallait le faire ! Elle lui susurra :

_ Soyez gentil. Accordez-le-moi sur la sexte augmentée au lieu de la quinte. »

Ce fut tout. Pas un mot de plus. Elle se leva, délaissa le grand piano comme quelque chose d'innommable. Sortit du salon. La phrase était polie. Le visage avenant, souriant et pourtant les mots avaient résonné avec une sous-tension imperceptible qui avait hypnotisé le type. Les mâchoires lui en étaient tombées. Sans une réplique, il s'était remis au travail. Personne ne résistait à Nadine. Un seul regard suffisait. Une prière était un ordre. Même maintenant que l'âge et la maladie la tenaient cloîtrée, presque clouée à son fauteuil, elle contrôlait toujours chacune des vibrations de ses cordes vocales. Elle continuait à travailler quotidiennement ses vocalises. Répétait inlassablement le même trille jusqu'à ce qu'elle puisse lui insuffler l'inflexion choisie, la projeter exactement avec l'intensité requise. Nadine Nouria recherchait la perfection au cœur de chaque ton émis. Son secret ? Travailler d'arrache-pied des heures durant pendant des années. Sa philosophie ? Toute note est une porte devant laquelle on supplie jusqu'à ce qu'elle s'ouvre. Déverser son âme à genoux aux pieds de l'idole. La seule manière d'apprivoiser le ton. Le caresser. L'implorer. Se fondre en lui. Vaincre sa résistance par la tendresse. Recommencer jour après jour. Patience. Patience. Patience ! Pour elle, il s'agissait d'une religion avec la voix comme déesse. Pas uniquement la sienne. Non : la VOIX. Lorsque Nadine Nouria parlait de la voix, on sentait vibrer en elle une force inconnue qui la rendait méconnaissable. Elle qui pouvait écouter les pires calamités sans tressaillir, rapporter les plus tragiques évènements avec un air de badinage amusé, elle pour qui les tremblements de terre et les ras de marée étaient synonymes de futilités ennuyeuses, elle pouvait s'émouvoir, s'enflammer en décrivant la voix. Pas n'importe laquelle. Pas une voix spéciale. Seulement la Voix. Elle en parlait comme un évêque du Seigneur, avec une grande majuscule. Une dévotion inouïe qui forçait le respect. Son corps était une cathédrale où l'entité mystérieuse habitait. Un temple dans lequel elle se retranchait pour échapper aux vicissitudes de la vie. Elle s'enfonçait dans le son, submergée par les vagues de la musique. Inaccessible pour les inanités du quotidien comme pour son entourage.

La frivolité, la légèreté qu'elle affichait n'étaient qu'un masque. Nécessaire sûrement. La popularité ! Stéphane, bien placée pour le savoir, était le témoin des angoisses de Nadine Nouria. Les colères, les peurs de la diva ! Mais, aussi son égoïsme à toute épreuve. Pour son public, Nadine paraissait la femme enfant charmante un peu écervelée vivant dans la facilité du moment. Stéphane, quant à elle, connaissait l'acharnement presque démentiel, pratiquement pathologique avec lequel La Nouria faisait ses gammes. Jamais contente d'elle-même. Toujours insatisfaite. Refermant le piano d'un geste rageur. Repoussant le tabouret d'un coup de pied brutal. Se rasseoir aussitôt. Reprendre le labeur patiemment. Sans cravaches, sans éperons. Mener la bête par la douceur. Les crises de larmes aussi. Celles qui coulent silencieusement aux coins des yeux. Sans un sanglot. Sans un soupir. Néfastes pour le timbre !

Apparemment, tous les rôles venaient si naturellement. Quelle incarnation ! La critique, le public. Tous d'accord ! Elle ne jouait pas Marguerite. Elle était Marguerite ! Mais, qui était au courant des sacrifices journaliers pour arriver à cette perfection ? Et ses collègues. Savaient-ils au moins de quoi ils étaient jaloux ? Car ils l'étaient, c'est certain. La mesquinerie, l'envie rôdaient autour d'elle. Pas d'amis véritables. La solitude pour toute compagne. Oui, La Nouria avait tout sacrifié à ses héroïnes. Tout. Même sa fille. L'avait-elle seulement su ?

Stéphane n'en veut pas à sa mère. Non. Sa mère, elle l'adore. En revanche, elle est pleine de ressentiment contre Norma, Médée, elle déteste Marguerite, Manon. Elles lui volent son enfance. Elle ne peut leur pardonner. Ce soir, Nadine est partie comme à l'accoutumée. Son sac serré sous le bras droit, sa main gauche relevant le pan de fourrure, elle s'est engouffrée dans la voiture. La rue Véronèse est redevenue déserte. Il neige. Stéphane laisse retomber le rideau. Retourne se coucher. Elle a un rhume. Sa mère n'est pas venue l'embrasser par peur de la contagion. Stéphane est mal à l'aise. Toujours la hantise des microbes qui domine leur relation. Si elle éternue ou se racle la gorge un tant soit peu, elle n'y échappe pas. Bannie du reste de l'appartement ! Jour et nuit. Toutefois, son père assis à son bureau passera plus tard lui souhaiter le bonsoir. Cela la rassure à moitié. Elle n'a pas envie de jouer avec lui. Elle doit le chatouiller. Mettre la main sur son genou. La petite bête qui monte, qui monte. Elle devient trop grande pour apprécier complètement ses efforts.

Médée. Tue ses enfants. Marguerite. Folle dans son cachot. Manon. Meurt dans le désert. Violette. Crève d'amour. La Nouria. Toutes ces femmes-là ! Le public se doute-t-il du prix de chaque contre-ut poussé en désespoir ? De celui des sauts périlleux exécutés sur les fils de la gamme ? Mesdames, Messieurs, l'artiste travaille sans filet. S'il tombe, il s'écrase à vos pieds. Cela vous plait n'est-ce pas ? Petit frisson supplémentaire ! Le danger ? Soyez tranquille. Pas de panique. Vous ne risquez absolument rien ! Tous les périls sont pour lui ! Connaissent-ils seulement le labeur investi dans chaque son filé qui flotte dans l'ombre, se répercute au-dessus des balcons ? Non. Probablement que non. Ils n'ont d'ailleurs pas à le savoir, pense Stéphane. Ils viennent entendre La Nouria. Pas ses problèmes. Et bien tout à l'heure, ils l'entendront !

Le miroir de sa loge lui renvoie son reflet. Elle se toise. Arrange une mèche bouclée sur son front. Son costume l'enveloppe. La protège. Elle est l'Autre. Elle refoule loin, très loin  la petite voix  d'ange qui trotte dans sa tête.

*Bonus :*

*Quelques réflexions*

*L'envie*

Quelquefois, la vie des autres paraît plus confortable, plus aisée, plus facile à vivre, en un mot préférable. Ces êtres, dont nous envions la situation, nous semblent choyés, protégés, adulés, préférés de leur entourage. Il ne nous vient pas à l'esprit qu'ils sont le plus souvent incontestablement instrumentalisés par le même entourage du fait même de l'existence et de la présence de celui-ci. Ils font partie d'un mécanisme social auquel ils n'ont pu se soustraire ni duquel ils ont pu être expulsés. Peut-être n'en ont-ils probablement jamais eu conscience et par-là même n'ont-ils jamais essayé d'échapper à ces mécanismes sociaux qui les broient et se maintiennent par la grâce des héritages dits spirituels, de mères en filles, de sœurs en frères et de tantes en nièces, plus sûrement que les gènes assurant notre morphologie.

Ces êtres en vérité se laissent miner, ronger, détériorer par un amant, un mari, une mère, un père par qui ce cannibalisme immatériel est camouflé sous les traits de l'amour qu'il soit sexuel, fraternel ou filial pour ne citer que ceux-là et qui ont comme caractéristique commune le terrorisme caché par lequel ils s'implantent.

Les cannibales ainsi déguisés sous le masque d'un amant, d'un père ou d'une mère, éventuellement d'une amie chère, exercent purement et simplement une véritable mainmise sur les affects de l'objet de leur pseudo amour totalement instrumentalisé. Cet exploit leur permet de vivre par interposition sans crainte, car sans risque d'avoir à subir les avatars des êtres auxquels ils inoculent le désir de se conformer aux actions et aux décisions qu'ils leur imposent.

Cet équilibre de relations se comprend d'autant mieux que l'on sait que ces êtres, que l'on pense entourés, s'exécutent à accomplir les demandes du cannibale pour rester dans la situation d'êtres favoris où ils se trouvent ou du moins pensent se trouver. Qui ne voudrait être le préféré ?

Néanmoins, il faut bien se rendre compte qu'en ce cas, le choyé abandonne une grande part de sa mobilité et de son autonomie, de sa liberté d'action et qu'il paie très chèrement cette vie qui nous paraît meilleure. Cet argument sur la perte de la liberté en contrepartie d'un acquis est loin d'être nouveau. La Fontaine nous en dévoile l'un des rouages dans sa fable Le Chien et le loup. Ce dernier opte pour une pitance moindre et garde de préférence sa liberté.

Nous devrons nous le rappeler lorsque nous penserons que la vie de certains est plus douce que la nôtre. Leur place ne leur est pas donnée. Voudrions-nous en payer le prix ?

*Les rêves*

Cela fait maintenant trente-neuf ans que j'écris mes rêves. Chaque matin, je les analyse également. Et chaque soir, j'écris les événements de la journée. Je voulais savoir pour moi-même quelle est cette vie spéciale que nous appelons les rêves. Je ne voudrais pas dire que je suis complètement arrivée à percer ce mystère, mais tout de même je peux affirmer avec certitude que j'ai fait quelques petites découvertes.

Au cours de ces trente-neuf années, j'ai également lu à peu près tout ce que je pouvais trouver à propos de ce sujet. Une chose est devenue très claire pour moi : il en est de même pour les rêves que pour les religions. Quelle que soit la théorie développée à ce propos, qui que ce soit qui l'ait écrite, cette personne devient complètement aveugle à une autre éventualité. Cependant, je voudrais faire remarquer que du point de vue de mon étude ou de ma recherche il s'est avéré, que toutes les théories peuvent être justes.

Il y a beaucoup à écrire et beaucoup à dire sur les rêves. Je crois pour ma part que leurs fonctions sont peut-être très différentes de ce que la plupart affirment. Chacun croit naturellement à une certaine fonction suivant la théorie à laquelle il adhère. Personnellement, je commence de plus en plus à le voir comme un processus multifonctionnel se produisant suivant les besoins de l'individu à un moment précis. Ce processus ferait partie du développement psychologique de tout un chacun.

Que le rêve occupe une place importante dans notre vie, est absolument certain. Toute notre société pourrait très bien ne reposer que sur un rêve ! L'histoire même nous raconte à travers les siècles les rêves de personnages qui sont devenus célèbres.

La nuit avant sa mort, en 1610, Henri IV aurait rêvé qu'un arc-en-ciel entourait sa tête. À l'époque, on considérait ce signe comme celui d'une mort violente. Comme nous le savons maintenant, Ravaillac s'est chargé d'honorer la prophétie.

Il y a aussi les civilisations qui mettent le rêve au sein de leur société, comme les Dogons d'Afrique. Tous les matins, au réveil, la tribu se réunit et chacun raconte son rêve aux autres. La vie réelle serait la vie onirique.

*La mort*

La mort est partie inhérente de la vie. La nature meurt chaque automne pour renaître au printemps, comme l'être humain meurt à chaque phase de son développement pour ressusciter à l'étage supérieur de sa connaissance. L'éternelle histoire du Phœnix vécue par l'être humain, l'homme ou la femme, et tout être vivant.

En ce sens, dans les légendes à chaque fois que le Graal est contemplé, lorsque la vue de celui-ci féconde la mort, il ne peut être question que de la mort engendrant la vie. Le renouveau nécessaire à la progression, la résurrection de l'être.

Dans notre société compartimentée, le développement spirituel de l'être humain est contré par le système de cloisonnement imposé, protégeant les acquis des classes privilégiées. Il est nécessaire de garder le peuple stupide et angoissé, d'où l'idée de la mort qui anéantirait tout.

Il est donc interdit de contempler le Graal sans mourir. Petite phrase insidieuse, basée sur l'angoisse et l'épouvante que déchaîne l'idée de la mort prochaine et inéluctable, suscitée généralement chez les individus de notre société occidentale, alors que la mort n'est uniquement qu'une phase, une porte.

La mort charnelle est uniquement et rien de plus que l'une des innombrables portes à passer durant notre vie, même si cette dernière porte ne devait nous conduire qu'au néant.

*Les relations sociales*

Lorsqu'une rupture a été consommée entre deux êtres qui étaient si proches l'un de l'autre que leur relation avait donné naissance à une progéniture, marque indélébile et indéniable de la situation affective dans laquelle se déroulait une partie de leurs rapports, on ne peut cependant assurer qu'il y ait eu plus qu'un lien banal qui les a unis pour un moment de plus ou moins longue durée, puisque la séparation a révélé ultérieurement l'absence de cette chose recherchée au départ et qu'ils pensaient avoir trouvée l'un dans l'autre, qui fit que l'un alla vers l'autre avec plus ou moins de réciprocité dans la force de l'élan.

Peut-on réellement admettre, c'est-à-dire, sincèrement penser, que l'un des partenaires ait mis en branle un mécanisme ayant pour seul but de lui procurer un confort (de l'argent, des enfants, une position) ou une amélioration de sa position, reposant sur l'instrumentalisation de l'autre pour réaliser son objectif, jouant par ce fait avec la vie de l'autre ?

L'enjeu dans ce cas paraît disproportionné.

*La Sémiotique, c'est quoi ?*

Je l'ignore. Je sais seulement que je suis une sémioticienne. Et cela, depuis mon plus jeune âge. Depuis que je suis née, je dois décrypter, lire, interpréter les signaux qui me viennent de mon entourage pour survivre. Apparemment, je n'y suis pas trop mal parvenu puisque je suis encore en vie. La sémiotique est la force qui régit l'univers. Chaque organisme, végétal, animal ou minéral, doit être capable de lire tous les autres organismes autour de lui pour rester en vie, évoluer, se transformer éventuellement conformément à sa volonté de survie.

Un grand bonhomme de la théorie nous dit qu'un signe n'est qu'un signe à partir du moment où il est interprété comme tel.

Possible de discuter cette question, car dans la pratique existentielle, plus d'un a dû laisser ce monde pour avoir failli à interpréter un signe envoyé par son voisinage comme tel. Négliger les signes de son environnement peut être fatal autant que de les mal interpréter, les occulter ou manquer à les repérer. Un exemple que tout un chacun peut comprendre est le suivant.

Un promeneur solitaire en forêt rencontre un chien. S'il peut lire les signes que l'animal lui envoie, il pourra adapter son comportement. Le chien s'approche-t-il en frétillant la queue et en restant bas sur pattes, notre promeneur n'a rien à craindre. Au contraire, le canin s'approche-t-il les crocs découverts et le poil du dos hérissé, le promeneur aura tout à craindre de la rencontre et il doit sans aucun doute être sur ses gardes. Toutefois, il lui sera indispensable, en premier, d'identifier l'animal, ou l'être à qui il a affaire. S'agit-il d'un ours, il pourrait y laisser la vie. S'il s'est aventuré trop près de l'animal, car il a mal observé les alentours et a failli à noter les signes que lui envoyait la forêt qui lui indiquait la présence de l'animal. Ces signes sont à ne pas confondre avec l'ombre des feuillages, par exemple.

De même, interpréter les signes que nous envoient nos semblables est tout autant d'importance, même si dans ce cas nous parlons de langage corporel. Ce dernier fait tout aussi bien partie de la sémiotique que les signes de la nature.

# Bonus

Crime à l'université, http://amzn.to/1SssOZH

**Prologue**

Les trams grinçaient sur leurs rails et les trains faisaient trembler le macadam des quais. Ce charivari continuel, d'où se dégageait une âcre odeur de fer chauffé, couvrait des passagers les conversations devenues murmures dans cette incandescence sonore. Seuls les criaillements des mouettes dominaient l'air tiédi sous la verrière de plomb. Les sansonnets pépiaient à la recherche de miettes quelconques. Du remue-ménage ambiant s'élevait parfois les pleurs d'un enfant traîné à la main d'un parent énervé. Un coup de sifflet strident annonça un départ et une voix nasillarde sans trace d'émotions, laissa échapper en plusieurs langues, l'heure d'une arrivée.

La gare centrale, construite entre 1881 et 1889 par P. J. H. Cuijpers, possédait six quais si l'on omettait le prolongement du quai numéro deux. En fin d'après-midi, vu de l'extérieur, le bâtiment austère comme tous ceux d'Amsterdam, s'illuminait, les jours ensoleillés, d'une aura évanescente, transmise par les couleurs de ses briques, rehaussées d'ornements d'un blanc plâtreux sous la pluie mais, qui sous les rayons, éclataient de luminosité. A l'intérieur, la verrière laissait filtrer une lueur blafarde, quelles que soient les circonstances météorologiques. Une odeur de rails surchauffés, de graisse et de sueur assaillait tout voyageur à son débarquement.

Arrivée à destination, Gabrielle Sonar décida

de rejoindre à pied le bâtiment de l'université. Un peu de marche lui ferait du bien. Elle passerait à la bibliothèque rendre les livres empruntés dont elle n'avait plus besoin et verrait si l'exemplaire de Lévi-Strauss était disponible. Au lieu de prendre la Spuistraat, elle préférait longer le canal Singel. Gabrielle n'aimait pas trop passer devant les vitrines éclairées en rouge où des femmes à moitié nues y attendaient le client. Vêtue d'un bikini rendu plus blanc que blanc par un néon violet et de cuissardes noires en fourrure léopard s'évasant en haut des cuisses, l'une d'elle la mettait foncièrement mal à l'aise. Franck, son mari, venu la chercher un soir à la fin des cours, lui avait confié l'envie de lui rendre visite. Gabrielle s'était gardée de l'interroger sur la mise à exécution de son projet ou s'il s'agissait d'une blague d'un goût douteux.

Toujours est-il, à partir de ce jour, elle s'imaginait surprendre un air narquois dans le regard de la prostituée. C'était ridicule ; elle en était consciente. La fille ignorait tout d'elle et ne pouvait en aucune façon la reconnaître si Franck, par hasard était devenu son client. Sa chambre, éloignée de l'université, ne lui permettait pas d'en discerner l'entrée. Mais, depuis cette déclaration de Franck, Gabrielle évitait soigneusement la Spuistraat, par ailleurs médiocrement alléchante avec ses boutiques disparates pauvrement disséminées.

Gabrielle était loin d'être prude. Ce n'était pas cela. Elle ne dédaignait pas la gaudriole et une partie de jambes en l'air à l'occasion ne la rebutait nullement. C'était différent. Savoir que Franck lui était parfois infidèle ne prêtait pas à conséquence. Elle-même n'avait pas toujours su résister à la tentation et n'en avait pas non plus vu l'exigence. Leur mariage se fondait sur des intérêts communs. Lorsqu'ils étudiaient tous les deux, elle avait arrêté la fac après sa maîtrise pour permettre à Franck de poursuivre jusqu'à l'obtention de son doctorat et trouver un poste bien rémunéré. Elle faisait bouillir la marmite, acceptant toutes sortes de petits boulots inintéressants sauf du point de vue pécuniaire. Elle avait donné pas mal de leçons de français, ce qui lui permettrait, elle l'espérait, d'occuper un poste d'enseignante après son doctorat. Pour l'instant, elle faisait de l'assistanat de professeur ce qui lui procurait une indépendance financière non négligeable. Franck assumait le gros des charges du ménage, l'hypothèque de la maison et les dépenses courantes.

Gabrielle poussa le tourniquet de verre. Le portier lui rendit son signe de tête. Elle s'engouffra dans l'ascenseur et appuya sur le bouton de son étage. Son casier postal était vide. Elle déverrouilla la porte du bureau qu'elle partageait avec Eva Struiter et une odeur indéfinissable, mais où prédominait le tabac froid lui assaillit les narines. Sa collègue avait encore fumé malgré l'interdiction. Elle le lui dirait tout à l'heure, les affaires sur la chaise devant l'ordinateur allumé dénotaient sa présence dans le bâtiment. Eva ne devait pas penser qu'elle était dupe. Elle ouvrit la fenêtre et pris le chemin de la bibliothèque un étage plus bas, refermant la porte à clé derrière elle.

Eva discutait probablement au quatrième étage avec son directeur de thèse, Alf van

Duijn. Son projet l'avait embarquée dans des traverses d'où elle voulait sortir au plus vite sous peine de s'y perdre de façon irrémédiable, maintenant que sa thèse était terminée. *La Chanson de Roland : AOI, significations et élucidations (Gautier, Bédier, Mortier).* Une question centrale qui avait laissé Alf pantois. D'autant plus que le nouveau professeur, Xavier Laroche, rencontré lors d'une conférence à Lille, s'était révélé enthousiasmé par le sujet. La différence culturelle entre un Français et un Néerlandais jouait à coup sûr dans leur appréciation respective.

De retour dans son bureau, Gabrielle brancha la bouilloire électrique pour se faire un thé avec le petit pain aux raisins, acheté à la cantine en passant. Elle s'assit devant son ordinateur, le mit en route et consulta ses courriels. Franck avait téléphoné et annoncé un article à terminer d'urgence qui le retarderait d'une heure environ. Sa voix trahissait l'impatience de la voir qu'elle connaissait bien. Elle était sans inquiétude, ce ne serait pas la première fois qu'ils se prouveraient leur attraction mutuelle sur le terrain de la faculté des Lettres ou ailleurs. « Aucun problème » lui avait-elle assuré. Elle se consacrerait à Joséphine.

*Joséphine Baker chante* La Petite tonkinoise *dans un texte proche de celui de Lekain – même occultation du vocabulaire sexuel – mais elle narre tout de même une histoire similaire à la version de Polin. L'homme y est le grand séducteur, ce qui a dû plaire aux mâles français de l'époque. Joséphine Baker prête sa voix à la femme indochinoise conquise par le colonial irrésistible et qui en est heureuse. Quant aux films de Baker, ils reproduisent* ad infinitum *le canevas exotique déjà mis en évidence dans les chapitres précédents.*

Relevant la tête de son écran, Gabrielle aperçut dans une chambre d'hôtel de l'autre côté de la rue, un homme évoluer nu, inconscient de sa présence. Fugitivement, Eva lui traversa l'esprit. Tant de fois elles avaient évoqué cette situation en riant. Elle pourrait lui dire que cela n'avait rien d'utopique, mais ralliait le monde des possibles.

*Cependant le rôle de la femme exotique s'intensifie dans les scénarios cinémato-graphiques. Elle n'est plus uniquement soumise ; elle prend une part active à l'histoire en sauvant la vie d'un héros français, son amant parfois, pour disparaître de sa vie et abandonner la place à une Française. Cette dernière permettra à son amour de trouver le véritable bonheur auprès d'une compatriote.*

Gabrielle écrivait déjà depuis plusieurs heures. La nuit était tombée et l'écran répandait une lueur bleutée dans la pièce. La porte s'ouvrit sans bruit, tourna sur ses gonds dans son dos. Absorbée dans la relecture de son article, Gabrielle était sourde aux pas feutrés qui s'approchaient avec précaution. Deux mains encerclèrent soudain sa gorge. « Pas un geste, pas un son, » siffla une voix qu'elle reconnut aussitôt. Mais, déjà les doigts de Franck glissaient sur ses épaules s'incrustant dans son décolleté ; il la basculait en arrière, lui embrassait tendrement le front, la levait de sa chaise pour la maintenir contre lui. Elle sentit son désir et remonta sa jupe jusqu'aux hanches. Leurs baisers devenaient plus pressants maintenant qu'il fourrageait d'une main entre ses cuisses et dégrafait son pantalon de l'autre. « Ah, comme j'aimerais être écossais, » soupira-t-il la voix rauque en la plaquant le dos à l'armoire en fer. Il la souleva du sol, lui serra les jambes autour de sa taille et entra en elle d'une secousse brusque qui lui arracha un cri.

Elle distinguait mal ses yeux dans la pénombre, mais savait qu'il scrutait son visage y guettant la montée du plaisir. Elle s'agrippait à lui, jouissait des ondes de béatitude qui la submergeaient par vagues et l'amenaient à l'orgasme. L'ardeur amoureuse de plus en plus frénétique eut raison du verrou de la porte qui céda avec un bruit sec sous le choc de leurs ébats. L'un des battants s'ouvrit dans une dernière secousse et avec fracas cogna le mur ce qui les fit rire. Gabrielle tenta de le refermer à tâtons et se raidit. Sa main avait frôlé une brosse qui n'aurait pas dû se trouver là. Franck fixait lui aussi le trou béant et ses yeux s'écarquillaient. Sans ménagement, il reposa Gabrielle au sol qui tourna la tête et vit ce qu'il voyait. Eva, coincée dans les livres et les étagères en quinconce, les contemplait d'un regard absent. Morte.

*Table des récits*

Si vous désirez vous procurer un autre de mes livres, je vous en remercie :

Crime à Moscou (roman),
http://amzn.to/2qnDbLS
Crime à Paris (roman),
http://amzn.to/1UG1qeR
Crime à Amsterdam, (roman)
http://amzn.to/1MtDMfU
La Clarté des ténèbres, (nouvelles)
http://amzn.to/2pGCn0Z
Crime à l'université, (roman)
http://amzn.to/1SssOZH
Le Mythe de Noël, (récits)
http://amzn.to/2pG0koB
Le Pyrophone, (poésie)
http://amzn.to/2q9Pfjf
Sur un rayon d'amour (poésie)
Les Nuits sibériennes (poésie)
L'Arc-en-ciel (poésie)
Le Nagal (poésie)
Cantilène (poésie),
http://amzn.to/2qaJjq8
Spleen d'Amsterdam (poésie),
http://amzn.to/2qdhPyc

Imprimé par CreateSpace Amazon

Décembre 2015